Cuentos para todo el año

Cuaderno de actividades

Alma Flor Ada

✳ **Santillana** USA

Colaboradora: Rosalma Zubizarreta

ISBN: 1-58105-241-3 Cuaderno de actividades

Santillana USA Publishing Co., Inc.
2105 NW 86th Avenue
Miami, FL 33122
Printed in Mexico

Índice

El papalote 1

El susto de los fantasmas 9

¿Pavo para la Cena de Gracias? 17

La jaula dorada 25

No fui yo... 33

¡No quiero derretirme! 41

La sorpresa de Mamá Coneja 49

Rosa alada 57

La piñata vacía 65

Cómo nació el arco iris 73

La hamaca de la vaca 81

Después de la tormenta 89

El papalote

Apreciada familia:

La tarea de la presente unidad requerirá la colaboración de un adulto de la casa, por lo que pedimos a esta persona que dedique en la semana entrante unos 20 minutos para dialogar con su niño o niña acerca del tema indicado y realizar juntos la actividad que se menciona más abajo.

Desde ya agradecemos su colaboración.

- Pídale a su niño o niña que le cuente del libro que estamos leyendo en clase titulado *El papalote*.

- El cuento nos habla de una mamá que desea hacerles a sus hijos un papalote, igual como los hacía su papá cuando ella era pequeña.

- Converse con su niño o su niña sobre algo que uno de sus padres u otro miembro o persona allegada a la familia fabricaba, confeccionaba o elaboraba en su infancia. Puede ser tanto un juguete como un plato especial de comida, una prenda de vestir, un adorno para el hogar o de uso personal o bien cualquier objeto de utilidad.

- Avive el interés de su niño o niña comunicándoles todos los pormenores de su relato o explicación y respondiendo, en la medida de lo posible, a todas las preguntas que se le hicieren. Es probable que el pequeño o la pequeña quiera saber si usted también aprendió a realizar la actividad en cuestión. De ser así, ¿le enseñaría usted a su vez la misma actividad? ¿Por qué?

- Invite a su niño o niña a que escriba y, si desea, dibuje en el reverso de la hoja algo acerca de lo que usted le ha contado.

Cuando terminen, sírvanse regresar la hoja a la escuela.

El papalote

El papalote

Apreciada familia:

La tarea de la presente unidad requerirá la colaboración de un adulto de la casa, por lo que pedimos a esta persona que dedique en la semana entrante unos 20 minutos para dialogar con su niño o niña acerca del tema indicado y realizar juntos la actividad que se menciona más abajo.

Desde ya agradecemos su colaboración.

- Pídale a su niño o niña que le hable del libro que estamos leyendo en clase titulado *El papalote.*

- El cuento relata una actividad de esparcimiento de una familia que sale a hacer volar un papalote.

- Cuéntele usted a su niño o a su niña una de las actividades que solía hacer en su infancia con su familia: ¿Salían al parque, al campo, al río o a la playa? ¿Iban a casa de familiares? ¿Qué hacían y con qué se divertían?

- Hable de todos los recuerdos agradables de su niñez que le vengan a la memoria de actividades realizadas en familia o con gente querida y trate de responder a todas las preguntas o inquietudes que susciten en el niño o la niña su relato.

- Invite a su niño o niña a que escriba y, si desea, dibuje en el reverso de la hoja algo acerca de lo que usted le ha contado.

Cuando terminen, sírvanse regresar la hoja a la escuela.

El papalote

_____

_____

_____

_____

_____

_____

4

 El papalote

Piensa en algo que no te guste.

Escribe y, si deseas, dibuja algo sobre eso.

Luego piensa en cómo se puede mejorar.

Ahora muéstralo con otro dibujo.

¡Qué pena!

_____

_____

_____

_____

_____

¡Qué bueno!

_____

_____

_____

_____

_____

Haz esta actividad con un compañero o con una compañera.

¿Cuántas palabras pueden formar usando las letras de la palabra *papalote*?

_____   _____

_____   _____

_____   _____

El papalote

Usa tu imaginación para contestar estas preguntas.

Mi mascota favorita

¿Cómo se llama tu mascota?_____

_____

¿Qué tipo de animal es?_____

_____

¿Qué le gusta comer?_____

_____

¿Dónde duerme?_____

_____

¿Dónde la encontraste?_____

_____

El susto de los fantasmas

Apreciada familia:

La tarea de la presente unidad requerirá la colaboración de un adulto de la casa, por lo que pedimos a esta persona que dedique en la semana entrante unos 20 minutos para dialogar con su niño o niña acerca del tema indicado y realizar juntos la actividad que se menciona más abajo.

Desde ya agradecemos su colaboración.

- Pídale a su niño o niña que le cuente del libro que estamos leyendo en clase titulado *El susto de los fantasmas*.

- En el cuento intervienen tres niños que les tienen miedo a los truenos.

- Comente con su niño o niña algunos de sus temores de infancia y cómo aprendió a vencerlos. Dirija la conversación de manera a que conduzca a su niño o niña a hablarle a su vez de sus propios temores, fobias o aversiones.

- Invite a su niño o niña a que escriba y, si desea, dibuje en el reverso de la hoja algo acerca de lo que usted le ha contado.

Cuando terminen, sírvanse regresar la hoja a la escuela.

El susto de los fantasmas

_____

_____

_____

_____

_____

_____

_____

El susto de los fantasmas

Apreciada familia:

La tarea de la presente unidad requerirá la colaboración de un adulto de la casa, por lo que pedimos a esta persona que dedique en la semana entrante unos 20 minutos para dialogar con su niño o niña acerca del tema indicado y realizar juntos la actividad que se menciona más abajo.

Desde ya agradecemos su colaboración.

- Pídale a su niño o niña que le hable del libro que estamos leyendo en clase titulado *El susto de los fantasmas*.

- El cuento narra una Noche de Brujas en que tres niños disfrazados de distintos personajes van de casa en casa a pedir golosinas.

- Cuéntele a su niño o niña de alguna ocasión en que se haya disfrazado. Dígale de qué se disfrazó, cómo era el disfraz, dónde lo consiguió o quién se lo hizo, qué efecto produjo en la gente que lo vio y otros detalles relacionados con el suceso.

- Si prefiere, puede hablar de lo que a usted le gustaría disfrazarse en alguna oportunidad o bien comentar algún disfraz que haya visto y que le haya llamado la atención ya sea por su originalidad, realismo, hechura u otra razón.

- Invite a su niño o niña a que escriba y, si desea, dibuje en el reverso de la hoja algo acerca de lo que usted le ha contado.

Cuando terminen, sírvanse regresar la hoja a la escuela.

El susto de los fantasmas

_____

_____

_____

_____

_____

_____

_____

El susto de los fantasmas

Completa las oraciones.

A mí me gustaría disfrazarme de _____.

Para este disfraz, necesito _____

_____

_____

_____.

Aquí estoy yo con mi disfraz de _____.

Completa las oraciones.

Luego completa el crucigrama.

1. Es la Noche de Brujas y los niños han recogido muchos _____ .

2. Francisco dice que no le tiene miedo a los _____ .

3. Las _____ de las ventanas parecen fantasmas.

4. También las _____ parecen fantasmas.

5. Cuando hay tormenta, hay _____ y relámpagos.

6. A los niños les da miedo y se meten en la _____ .

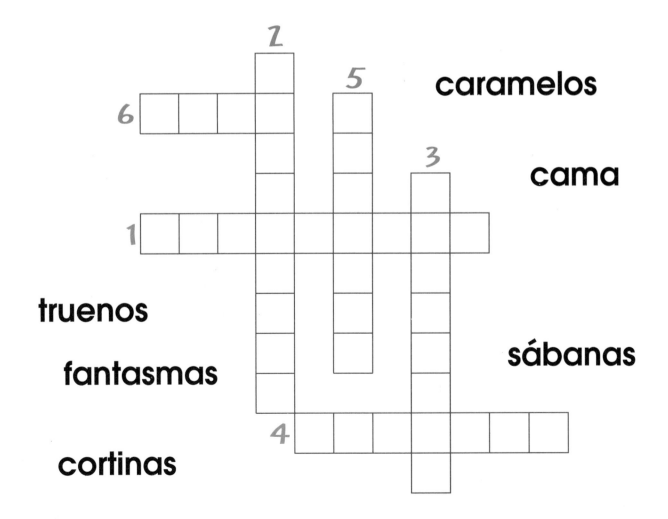

caramelos

cama

truenos

fantasmas

sábanas

cortinas

 # El susto de los fantasmas

Completa la primera oración.

Luego completa el cuento.

Una vez, _____ vio algo

que parecía _____.

_____

_____

_____

_____

El susto de los fantasmas

¿Pavo para la Cena de Gracias?

Apreciada familia:

La tarea de la presente unidad requerirá la colaboración de un adulto de la casa, por lo que pedimos a esta persona que dedique en la semana entrante unos 20 minutos para dialogar con su niño o niña acerca del tema indicado y realizar juntos la actividad que se menciona más abajo.

Desde ya agradecemos su colaboración.

- Pídale a su niño o niña que le cuente del libro que estamos leyendo en clase titulado —¿Pavo para la Cena de Gracias? —¡No, gracias!.

- El cuento nos habla de una pequeña araña que siente una gran admiración por la tatarabuela de su bisabuela.

- Cuéntele a su niño o niña de algún familiar o persona conocida que usted admire: ¿Qué relación tiene esa persona con la familia? ¿Qué cualidades admira usted de la misma? ¿Cómo y en qué ocasión u ocasiones ha demostrado esta persona dichas cualidades? ¿Por qué le parece a usted que son dignas de admiración?

- Relate anécdotas y pormenores que contribuyan a dar color e interés a su explicación. Antes de concluir con la charla, mencione qué hace usted para tratar de seguir el ejemplo de esa persona. Pregunte a su vez a su niño o niña qué haría para imitarla.

- Invite a su niño o niña a que escriba y, si desea, dibuje en el reverso de la hoja algo acerca de lo que usted le ha contado.

Cuando terminen, sírvanse regresar la hoja a la escuela.

¿Pavo para la Cena de Gracias?

_____

_____

_____

_____

_____

_____

¿Pavo para la Cena de Gracias?

Apreciada familia:

La tarea de la presente unidad requerirá la colaboración de un adulto de la casa, por lo que pedimos a esta persona que dedique en la semana entrante unos 20 minutos para dialogar con su niño o niña acerca del tema indicado y realizar juntos la actividad que se menciona más abajo.

Desde ya agradecemos su colaboración.

- Pídale a su niño o niña que le hable del libro que estamos leyendo en clase titulado *Pavo para la cena*.

- En este cuento leemos acerca de un pavo que logra salvar su vida con gran esfuerzo y admirable perseverancia.

- Converse con su niño o niña sobre alguna meta u objetivo que usted haya alcanzado con dedicación y empeño. ¿Qué fue lo que usted logró? ¿Cuánto tiempo le llevó? ¿Con qué dificultades y obstáculos tuvo que enfrentarse? ¿Qué le ayudó a perseverar en su propósito?

- Invite a su niño o niña a que escriba y, si desea, dibuje en el reverso de la hoja algo acerca de lo que usted le ha contado.

Cuando terminen, sírvanse regresar la hoja a la escuela.

¿Pavo para la Cena de Gracias?

_____

_____

_____

_____

_____

_____

_____

¿Pavo para la Cena de Gracias?

Piensa en algo que quisieras lograr. ¿Qué es?

_____

Piensa en tres cosas que necesitarás hacer para lograr tu objetivo.
¿Cuáles son?

1. _____

2. _____

3. _____

Piensa en las personas que te pueden ayudar. ¿Quiénes son?

1. _____

2. _____

Dibújate a ti después de haber logrado tu objetivo.

¿Pavo para la Cena de Gracias?

Imagina que los otros animales están animando al pavo mientras hace sus ejercicios. ¿Qué le estarán diciendo?

¿Pavo para la Cena de Gracias?

Trabaja con un compañero o con una compañera.

Planeen una cena con muchos platos distintos.

Algunos platos les gustarán a los dos.

Otros platos le gustarán a uno de ustedes, pero no al otro.

Escriban el nombre de cada plato en este diagrama.

Nuestra cena favorita

Las comidas que le gustan a _____.

Las comidas que le gustan a _____.

_____   _____   _____

_____   _____   _____

_____   _____   _____

_____   _____

_____   _____   _____

Las comidas que nos gustan a los dos:

La jaula dorada

Apreciada familia:

La tarea de la presente unidad requerirá la colaboración de un adulto de la casa, por lo que pedimos a esta persona que dedique en la semana entrante unos 20 minutos para dialogar con su niño o niña acerca del tema indicado y realizar juntos la actividad que se menciona más abajo.

Desde ya agradecemos su colaboración.

- Pídale a su niño o niña que le hable del libro que estamos leyendo en clase titulado *La jaula dorada*.

- El cuento narra el esfuerzo realizado por un niño para comprarle un regalo a su abuelita a quien quería mucho.

- Cuéntele a su niño o niña de alguna vez en que usted haya puesto un gran empeño en la preparación o adquisición de un regalo para un ser querido. No es necesario que el obsequio sea un objeto que usted haya comprado: puede ser algo que haya elaborado o confeccionado, o bien ser una fiesta que usted haya organizado o un regalo de cualquier otro tipo.

- Invite a su niño o niña a que escriba y, si desea, dibuje en el reverso de la hoja algo acerca de lo que usted le ha contado.

Cuando terminen, sírvanse regresar la hoja a la escuela.

La jaula dorada

_____

_____

_____

_____

_____

_____

La jaula dorada

Apreciada familia:

La tarea de la presente unidad requerirá la colaboración de un
adulto de la casa, por lo que pedimos a esta persona que dedique
en la semana entrante unos 20 minutos para dialogar con su niño o niña acerca
del tema indicado y realizar juntos la actividad que se menciona más abajo.

Desde ya agradecemos su colaboración.

- Pídale a su niño o niña que le hable del libro que
  estamos leyendo en clase titulado *La jaula dorada*.

- El cuento destaca el profundo afecto que siente
  un niño hacia un ser querido: en este caso, su
  abuelita.

- Hable con su niño o niña de los abuelos de
  usted: ¿Tuvo la oportunidad de conocer tanto a
  sus abuelos maternos como paternos? ¿Cómo eran o cómo son? ¿Cómo
  era o es su relación con ellos? ¿Qué actividades realizaban o realizan? ¿Dónde vivían o
  viven en la actualidad? ¿Cuántos años tienen? ¿Qué recuerdos tiene de su infancia de
  horas pasadas con sus abuelos?

- Luego pasen a conversar brevemente acerca de las semejanzas y diferencias que
  existen entre la relación que tuvo usted con sus abuelos en su infancia y la relación
  que mantiene su niño o niña con sus respectivos abuelos.

- Invite a su niño o niña a que escriba y, si desea, dibuje en el reverso de la hoja algo
  acerca de lo que usted le ha contado.

Cuando terminen, sírvanse regresar la hoja a la escuela.

La jaula dorada

La jaula dorada

¿Qué regalos le gustarían a la abuelita? ¿Por qué?

¿Y a Nicolás? ¿Por qué?

¿Y a los dos?

_____

_____

_____

_____

_____

_____

_____

29

La jaula dorada

¿Qué están viendo los niños?

Usa tu imaginación.

Dibuja algo y luego escribe.

_____

_____

_____

La jaula dorada

Trabaja con un compañero o con una compañera.

Conversen sobre los regalos que le gustan a los dos.

También conversen sobre los regalos que le gustan a cada uno.

Luego completen el diagrama.

Los regalos que le gustan a _____:

Los regalos que le gustan a _____:

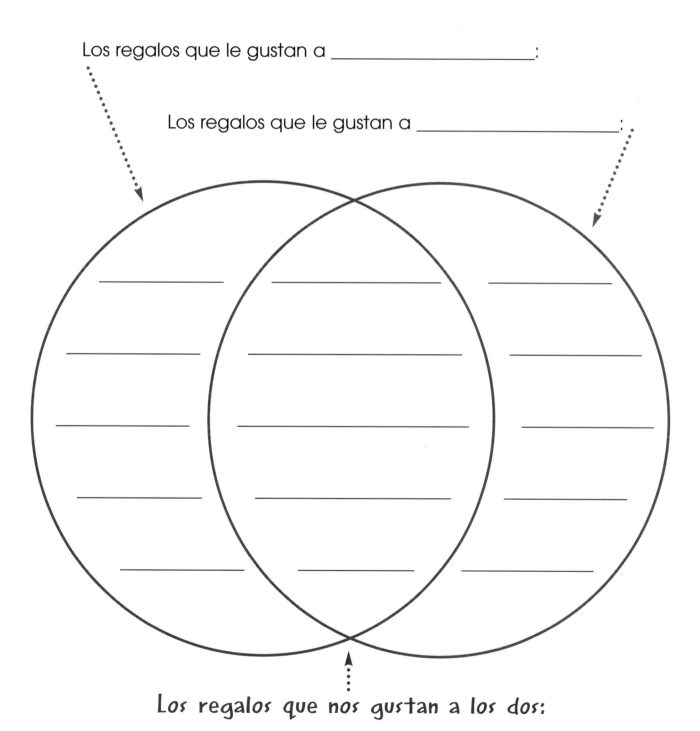

Los regalos que nos gustan a los dos:

No fui yo...

Apreciada familia:

La tarea de la presente unidad requerirá la colaboración de un adulto de la casa, por lo que pedimos a esta persona que dedique en la semana entrante unos 20 minutos para dialogar con su niño o niña acerca del tema indicado y realizar juntos la actividad que se menciona más abajo.

Desde ya agradecemos su colaboración.

- Pídale a su niño o niña que le cuente del libro que estamos leyendo en clase titulado *No fui yo*.

- El cuento nos habla de la acción de un niño que acaba dando resultados inesperados: al ponerle el niño zapatos a un perro, éste se alborota y provoca un gran desorden.

- Cuéntele a su niño o niña de alguna acción suya realizada en la infancia que haya producido resultados inesperados: ¿Qué fue lo que hizo? ¿Cuándo? ¿Por qué lo hizo? ¿Qué consecuencias tuvo? ¿Fueron buenas, malas o inofensivas? Si fueron perjudiciales, ¿qué medidas tomó para subsanar o paliar el problema?

- Invite a su niño o niña a que escriba y, si desea, dibuje en el reverso de la hoja algo acerca de lo que usted le ha contado.

Cuando terminen, sírvanse regresar la hoja a la escuela.

No fui yo...

No fui yo...

Apreciada familia:

La tarea de la presente unidad requerirá la colaboración de un
adulto de la casa, por lo que pedimos a esta persona que dedique
en la semana entrante unos 20 minutos para dialogar con su niño o niña acerca
del tema indicado y realizar juntos la actividad que se menciona más abajo.

Desde ya agradecemos su colaboración.

- Pídale a su niño o niña que le cuente del libro que
  estamos leyendo en clase titulado *No fui yo*.

- Hable de la relación que tenía con sus padres
  durante su infancia. Comente con su niño o niña
  lo que usted hacía para demostrar su respeto,
  afecto y gratitud hacia sus padres o cualquier otro
  miembro de la familia. Podría ser algo tan sencillo
  como ayudar con los quehaceres de la casa o con
  el negocio de la familia, o bien contribuir al ingreso
  familiar trabajando fuera de la casa, por ejemplo.

- Si prefiere, puede conversar con su niño o niña acerca de lo que hace en la actualidad
  para demostrarle su afecto a sus padres o algún pariente o persona querida.

- Invite a su niño o niña a que escriba y, si desea, dibuje en el reverso de la hoja algo
  acerca de lo que usted le ha contado.

  Cuando terminen, sírvanse regresar la hoja a la escuela.

No fui yo...

No fui yo...

Recorta las figuras de la página 39 y pégalas aquí.

¿Qué pasó de verdad?

No fui yo...

Recorta las figuras de la página 39 y pégalas aquí.

¿Qué pasó de verdad?

© Santillana USA Publishing Co., Inc.

Recorta las figuras y pégalas en las páginas donde correspondan.

¿Qué pasó de verdad?

¡No quiero derretirme!

Apreciada familia:

La tarea de la presente unidad requerirá la colaboración de un adulto de la casa, por lo que pedimos a esta persona que dedique en la semana entrante unos 20 minutos para dialogar con su niño o niña acerca del tema indicado y realizar juntos la actividad que se menciona más abajo.

Desde ya agradecemos su colaboración.

- Pídale a su niño o niña que le hable del libro que estamos leyendo en clase titulado *No quiero derretirme*.

- En el cuento leemos acerca de unos niños que van a visitar a una abuelita que vive lejos.

- Converse con su niño o niña sobre algún pariente o persona allegada a la familia que viva en un lugar alejado del sitio en que ustedes residen: ¿Cómo es esa persona? ¿Dónde vive? ¿A qué distancia queda el lugar? ¿A qué se dedica la persona? ¿Recuerda algún suceso anecdótico en que figure ésta?

- Invite a su niño o niña a que escriba y, si desea, dibuje en el reverso de la hoja algo acerca de lo que usted le ha contado.

Cuando terminen, sírvanse regresar la hoja a la escuela.

¡No quiero derretirme!

_____

_____

_____

_____

_____

_____

_____

¡No quiero derretirme!

Apreciada familia:

La tarea de la presente unidad requerirá la colaboración de un adulto de la casa, por lo que pedimos a esta persona que dedique en la semana entrante unos 20 minutos para dialogar con su niño o niña acerca del tema indicado y realizar juntos la actividad que se menciona más abajo.

Desde ya agradecemos su colaboración.

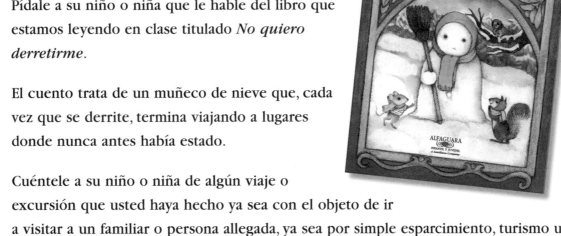

- Pídale a su niño o niña que le hable del libro que estamos leyendo en clase titulado *No quiero derretirme*.

- El cuento trata de un muñeco de nieve que, cada vez que se derrite, termina viajando a lugares donde nunca antes había estado.

- Cuéntele a su niño o niña de algún viaje o excursión que usted haya hecho ya sea con el objeto de ir a visitar a un familiar o persona allegada, ya sea por simple esparcimiento, turismo u otro motivo particular. Comente a dónde fue, con qué fin, qué o a quién vio, si se divirtió o si descansó, qué le impresionó más del viaje y por qué. Diga también si desearía volver a realizar un viaje similar.

- Invite a su niño o niña a que escriba y, si desea, dibuje en el reverso de la hoja algo acerca de lo que usted le ha contado.

Cuando terminen, sírvanse regresar la hoja a la escuela.

¡No quiero derretirme!

_____

_____

_____

_____

_____

_____

_____

¡No quiero derretirme!

Marca en el mapa:

1. el lugar donde vives.

2. otros lugares que has visitado.

3. lugares donde viven parientes o conocidos tuyos.

4. lugares que otras personas de tu familia han visitado.

¡No quiero derretirme!

Completa las siguientes oraciones.

Las distintas estaciones

En donde yo vivo, el invierno es _____

_____

En invierno, me gusta _____

_____

Aquí, la primavera es _____

_____

En la primavera, me gusta _____

_____

El clima del verano es _____

_____

En el verano, me gusta _____

_____

Cuando llega el otoño, _____

_____

En el otoño, me gusta _____

_____

¡No quiero derretirme!

Recorta las distintas partes del muñeco.

Pégalas en otro papel y construye tu propio muñeco de nieve.

Luego escoge el sombrero y la bufanda que más te gusten para el muñeco.

No te olvides de dibujarle ojos a tu muñeco de nieve.

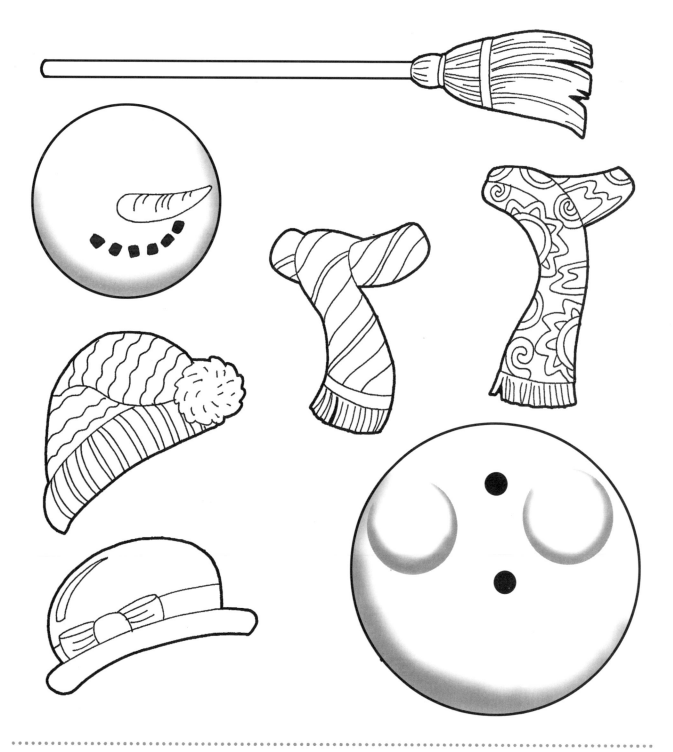

La sorpresa de Mamá Coneja

Apreciada familia:

La tarea de la presente unidad requerirá la colaboración de un adulto de la casa, por lo que pedimos a esta persona que dedique en la semana entrante unos 20 minutos para dialogar con su niño o niña acerca del tema indicado y realizar juntos la actividad que se menciona más abajo.

Desde ya agradecemos su colaboración.

- Pídale a su niño o niña que le cuente del libro que estamos leyendo en clase titulado *La sorpresa de Mamá Coneja*.

- El cuento nos habla de unos conejitos que deciden ayudar a su madre, Mamá Coneja, y darle una sorpresa.

- Converse con su niño o niña sobre cómo usted ayudaba a sus padres o a su familia durante su infancia. Si, por casualidad, usted también ha preparado alguna vez una sorpresa a sus padres o parientes, comente esta anécdota: ¿Para quién era la sorpresa? ¿De qué se trataba? ¿Cómo la organizó o preparó? ¿Qué tal le resultó?

- Invite a su niño o niña a que escriba y, si desea, dibuje en el reverso de la hoja algo acerca de lo que usted le ha contado.

Cuando terminen, sírvanse regresar la hoja a la escuela.

La sorpresa de Mamá Coneja

_____

_____

_____

_____

_____

_____

_____

La sorpresa de Mamá Coneja

Apreciada familia:

La tarea de la presente unidad requerirá la colaboración de un adulto de la casa, por lo que pedimos a esta persona que dedique en la semana entrante unos 20 minutos para dialogar con su niño o niña acerca del tema indicado y realizar juntos la actividad que se menciona más abajo.

Desde ya agradecemos su colaboración.

- Pídale a su niño o niña que le hable del libro que estamos leyendo en clase titulado *La sorpresa de Mamá Coneja*.

- En el cuento se mencionan una variedad de aves de distintos tamaños.

- Cuéntele a su niño o niña de algún ave que a usted le haya llamado la atención o por la que haya tenido especial predilección: ¿De qué ave se trataba? ¿Qué aspecto tenía? ¿Dónde la pudo observar? ¿Hubo algo en particular que atrajo su atención: ya sea su tamaño, plumaje, canto, pico, patas, alas u otra característica?

- Invite a su niño o niña a que escriba y, si desea, dibuje en el reverso de la hoja algo acerca de lo que usted le ha contado.

Cuando terminen, sírvanse regresar la hoja a la escuela.

La sorpresa de Mamá Coneja

La sorpresa de Mamá Coneja

¿De quién son estos huevos?

Este huevito brillante  pertenece a _____.

Este huevito blanco, pequeñito, pequeñito pertenece a

_____.

Este huevo grande y blanco 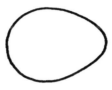 pertenece a

_____.

Este hermoso huevo blanco y negro pertenece a

_____.

 la mamá petirrojo    la mamá cuclillo

 la mamá cisne    la mamá colibrí

53

La sorpresa de Mamá Coneja

Adivina quién soy

Todos mis hermanos y mis hermanas tienen la cola gris o color café, menos yo. ¿Quién soy?

_____

A mi hermana le gusta saltar, pero yo soy el que corre más rápido de toda la familia. ¿Quién soy?

_____

Mis bigotes son cortitos y mis orejas son bastante pequeñas. Mi cola es gris y no me gusta mucho correr. Tengo dos hermanas; y uno de mis hermanos se llama Lomosedoso. ¿Quién soy?

_____

Coliblanca	Ojibrillante	Lomosedoso	Saltarina
Orejilarga	Bigotelargo	Pativeloz	Manchada

54

La sorpresa de Mamá Coneja

Encierra en un círculo el huevo que sea igual.

Rosa alada

Apreciada familia:

La tarea de la presente unidad requerirá la colaboración de un adulto de la casa, por lo que pedimos a esta persona que dedique en la semana entrante unos 20 minutos para dialogar con su niño o niña acerca del tema indicado y realizar juntos la actividad que se menciona más abajo.

Desde ya agradecemos su colaboración.

- Pídale a su niño o niña que le hable del libro que estamos leyendo en clase titulado *Rosa alada*.

- En el cuento leemos que cada uno de los alumnos y alumnas de la clase está preparando una presentación sobre un animal de su elección.

- Imagínese que usted es un alumno o una alumna más: si tuviera la oportunidad de conocer más a fondo algún animal, ¿cuál en particular elegiría? ¿Por qué escogería ese animal? Coméntelo con su niño o su niña.

- Ahora piense en lo que le gustaría saber acerca del animal y vuelva a comentarlo con su niño o niña. (Recuerde que en esta actividad se insiste en lo que se desea conocer, por lo que no se deberá preocupar aquí de obtener respuesta a sus interrogantes.)

- Invite a su niño o niña a que dibuje el animal de su elección en el reverso de la hoja y escriba dos preguntas sobre aspectos que usted querría conocer respecto a ese animal.

Cuando terminen, sírvanse regresar la hoja a la escuela.

Rosa alada

Apreciada familia:

La tarea de la presente unidad requerirá la colaboración de un adulto de la casa, por lo que pedimos a esta persona que dedique en la semana entrante unos 20 minutos para dialogar con su niño o niña acerca del tema indicado y realizar juntos la actividad que se menciona más abajo.

Desde ya agradecemos su colaboración.

- Pídale a su niño o niña que le hable del libro que estamos leyendo en clase titulado *Rosa alada*.

- El cuento destaca el valor de la paciencia y la constancia del personaje principal durante el cuidado del pequeño gusano.

- Cuéntele a su niño o niña de alguna actividad o circunstancia para la que tuvo que valerse de mucha paciencia a fin de alcanzar un propósito o sobrellevar una situación. Anímele a seguir el resultado positivo de su actuación.

- Invite a su niño o niña a que escriba y, si desea, dibuje en el reverso de la hoja algo acerca de lo que usted le ha contado.

Cuando terminen, sírvanse regresar la hoja a la escuela.

Rosa alada

_____

_____

_____

_____

_____

_____

_____

Rosa alada

Mi animal favorito

Mi animal favorito es _____.

Me gustan _____ porque

_____

_____

_____.

Rosa alada

Pega los dibujos en orden.

Luego escribe algo sobre cada dibujo.

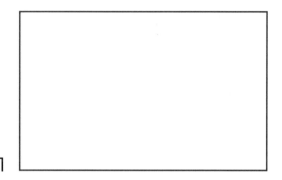

1

_____

2

_____

3

_____

4

_____

5

_____

6

_____

 Rosa alada

Recorta los dibujos.

Luego pégalos en orden en la página 62.

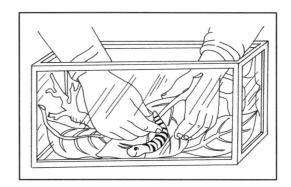

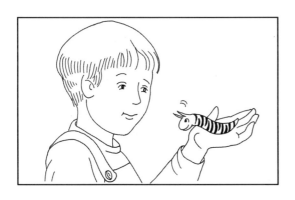

La piñata vacía

Apreciada familia:

La tarea de la presente unidad requerirá la colaboración de un adulto de la casa, por lo que pedimos a esta persona que dedique en la semana entrante unos 20 minutos para dialogar con su niño o niña acerca del tema indicado y realizar juntos la actividad que se menciona más abajo.

Desde ya agradecemos su colaboración.

- Pídale a su niño o niña que le cuente del libro que estamos leyendo en clase titulado *La piñata vacía*.

- El libro nos habla de una fiesta en conmemoración del 5 de mayo, fiesta patria mexicana.

- Cuéntele a su niño o niña qué fiestas celebraba usted en su infancia. Converse sobre una de estas fiestas: en qué fecha se celebraba, qué se festejaba o conmemoraba, en qué consistían los festejos y otros.

- Comente acerca de las semejanzas y diferencias entre las fiestas de su infancia y aquéllas en que actualmente participa su niño o niña.

- Invite a su niño o niña a que escriba un par de oraciones y, si desea, haga un dibujo en el reverso de la hoja acerca de lo que usted le ha contado.

Cuando terminen, sírvanse regresar la hoja a la escuela.

La piñata vacía

(blank lined writing space)

La piñata vacía

Apreciada familia:

La tarea de la presente unidad requerirá la colaboración de un adulto de la casa, por lo que pedimos a esta persona que dedique en la semana entrante unos 20 minutos para dialogar con su niño o niña acerca del tema indicado y realizar juntos la actividad que se menciona más abajo.

Desde ya agradecemos su colaboración.

- Pídale a su niño o niña que le hable del libro que estamos leyendo en clase titulado *La piñata vacía.*

- En el cuento leemos que el tío de Elena viene de visita.

- Converse con su niño o niña sobre algún miembro de la familia o persona allegada que viva lejos del lugar en que ustedes residen. Describa a la persona, el lugar en que vive, la relación que tiene con su familia así como anécdotas del pasado o experiencias vividas en común.

- Suscite el interés de su niño o niña y trate de contestar con amplitud de detalle a las preguntas que pueda tener acerca de la persona.

- Invite a su niño o niña a que escriba un par de oraciones y, si desea, haga un dibujo en el reverso de la hoja acerca de lo que usted le ha contado.

Cuando terminen, sírvanse regresar la hoja a la escuela.

La piñata vacía

_____

_____

_____

_____

_____

_____

La piñata vacía

Haz esta actividad con un compañero o con una compañera.

tía	abuela	prima	hermana
tío	abuelo	primo	hermano

Mi _____ vive en _____.

¿Cómo es esa persona?

El/La _____ de _____ vive en _____.

¿Cómo es esa persona?

La piñata vacía

Formen grupos de cuatro
para hacer la actividad.

avión	payaso
estrella	ballena
elefante	burro
_____	_____
_____	_____

A _____ le gustan las piñatas en forma de _____.

A _____ le gustan las piñatas en forma de _____.

A _____ le gustan las piñatas en forma de _____.

A mí me gustan las piñatas en forma de _____.

Escribe de alguna vez en que tú o uno de tus compañeros o
compañeras estuvo en una "piñata" (una fiesta con piñata).

_____

_____

_____

_____

 La piñata vacía

La piñata ideal

Llena la piñata con las cosas que más te gusten.

A mí me gustaría llenar la piñata con:

_____

_____

_____

Cómo nació el arco iris

Apreciada familia:

La tarea de la presente unidad requerirá la colaboración de un
adulto de la casa, por lo que pedimos a esta persona que dedique
en la semana entrante unos 20 minutos para dialogar con su niño o niña acerca
del tema indicado y realizar juntos la actividad que se menciona más abajo.

Desde ya agradecemos su colaboración.

- Pídale a su niño o niña que le relate el cuento que
  estamos leyendo en clase titulado "Cómo nació el
  arco iris".

- El cuento narra la historia de tres colores que
  aprenden a trabajar en conjunto y así crean
  nuevos colores.

- Cuéntele a su niño o niña alguna anécdota de
  cómo usted aprendió a trabajar en colaboración
  con otras personas cuando era pequeño o pequeña, ya sea en el hogar, la escuela
  o el trabajo: ¿De qué labor se trataba? ¿Quiénes colaboraron en ella? ¿Qué diría usted
  aprendió de esa experiencia?

- Invite a su niño o niña a que escriba y, si desea, dibuje en el reverso de la hoja algo
  acerca de lo que usted le ha contado.

Cuando terminen, sírvanse regresar la hoja a la escuela.

Cómo nació el arco iris

Apreciada familia:

La tarea de la presente unidad requerirá la colaboración de un adulto de la casa, por lo que pedimos a esta persona que dedique en la semana entrante unos 20 minutos para dialogar con su niño o niña acerca del tema indicado y realizar juntos la actividad que se menciona más abajo.

Desde ya agradecemos su colaboración.

- Pídale a su niño o niña que le relate el cuento que estamos leyendo en clase titulado "Cómo nació el arco iris".

- Cuéntele usted, a su vez, algún cuento o recítele un poema o bien cántele una canción que conozca que hable del arco iris o tenga relación con el tema.

- También puede narrarle una anécdota o hablarle de un recuerdo especial que tenga de una ocasión en que haya visto un arco iris. Otra opción sería explicarle cómo son los arco iris: qué forma y qué colores tiene o cuándo "aparecen" en el cielo.

- Invite a su niño o niña a que escriba y, si desea, dibuje en el reverso de la hoja algo acerca de lo que usted le ha contado.

Cuando terminen, sírvanse regresar la hoja a la escuela.

Cómo nació el arco iris

_____

_____

_____

_____

_____

_____

_____

Cómo nació el arco iris

Elige un color distinto para cada cuadro.

Luego piensa en dos cosas que sean de ese color.

Escríbelas y, si deseas, dibújalas.

Estas cosas son _____. _____ _____	Estas cosas son _____. _____ _____
Estas cosas son _____. _____ _____	Estas cosas son _____. _____ _____

Cómo nació el arco iris

Colorea los cuadrados y completa las oraciones.

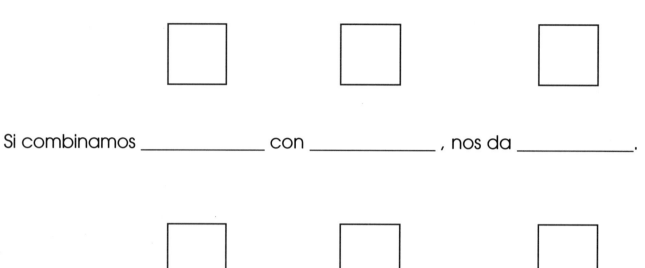

Si combinamos _____ con _____ , nos da _____ .

Si combinamos _____ con _____ , nos da _____ .

Si combinamos _____ con _____ , nos da _____ .

Cómo nació el arco iris

Colorea este dibujo con sólo tres crayones: uno rojo, uno amarillo y uno azul. Si necesitas más colores, ¡combina estos tres!

rojo   amarillo   azul

La hamaca de la vaca

Apreciada familia:

La tarea de la presente unidad requerirá la colaboración de un
adulto de la casa, por lo que pedimos a esta persona que dedique
en la semana entrante unos 20 minutos para dialogar con su niño o niña acerca
del tema indicado y realizar juntos la actividad que se menciona más abajo.

Desde ya agradecemos su colaboración.

- Pídale a su niño o niña que le cuente del libro que
  estamos leyendo en clase titulado *La hamaca de la
  vaca*.

- El cuento nos habla de una hormiguita que invita a
  todo el que se le acerca diciendo así: "Siempre
  cabe uno más".

- Comente con su niño o niña lo que usted piensa
  de este dicho: ¿Está usted de acuerdo o no? ¿Por
  qué razón? ¿Recuerda usted una ocasión en que se hizo sitio en su hogar para
  "una persona más"? Relate los detalles del hecho y responda a las preguntas que su
  niño o niña le quieran hacer.

- Invite a su niño o niña a que escriba y, si desea, dibuje en el reverso de la hoja algo
  acerca de lo que usted le ha contado.

  Cuando terminen, sírvanse regresar la hoja a la escuela.

La hamaca de la vaca

La hamaca de la vaca

Apreciada familia:

La tarea de la presente unidad requerirá la colaboración de un adulto de la casa, por lo que pedimos a esta persona que dedique en la semana entrante unos 20 minutos para dialogar con su niño o niña acerca del tema indicado y realizar juntos la actividad que se menciona más abajo.

Desde ya agradecemos su colaboración.

- Pídale a su niño o niña que le hable del libro que estamos leyendo en clase titulado *La hamaca de la vaca*.

- Cuéntele a su niño o niña algún refrán, dicho o aforismo que conozca acerca del valor de la amistad.

- Si prefiere, puede hablar más bien de los amigos y amigas que tuvo en su infancia o que tiene en la actualidad. De los amigos o amigas de antaño, comente lo que solían hacer, a qué jugaban, a dónde iban, qué hacían para divertirse y otras anécdotas o detalles relevantes. De los de ahora, háblele sobre aquello en que se basa la amistad: cómo se ayudan entre sí, cómo la pasan bien juntos, cómo se mantienen en contacto, cada cuánto se ven y otros.

- Invite a su niño o niña a que escriba y, si desea, dibuje en el reverso de la hoja algo acerca de lo que usted le ha contado.

Cuando terminen, sírvanse regresar la hoja a la escuela.

83

La hamaca de la vaca

La hamaca de la vaca

Parea el dibujo que va con cada palabra.

Luego escribe el nombre del animal al lado de su dibujo.

la hormiga _____

la rana _____

la pollita _____

la gallinita _____

la pata _____

la gata _____

la perra _____

la oveja _____

la vaca _____

Piensa en lo que te gusta hacer con tus amigos a la sombra de un árbol.

Haz un dibujo.

Luego escribe algo sobre tu dibujo.

¡Qué agradable la sombra!

_____

_____

Las voces de los animales

La perra dice: _____.

La gata dice: _____.

La oveja dice: _____.

La gallina dice: _____.

La pollita dice: _____.

La pata dice: _____.

Después de la tormenta

Apreciada familia:

La tarea de la presente unidad requerirá la colaboración de un adulto de la casa, por lo que pedimos a esta persona que dedique en la semana entrante unos 20 minutos para dialogar con su niño o niña acerca del tema indicado y realizar juntos la actividad que se menciona más abajo.

Desde ya agradecemos su colaboración.

- Pídale a su niño o niña que le cuente del libro que estamos leyendo en clase titulado *Después de la tormenta*.

- El cuento nos habla de una semillita que germina y crece hasta convertirse en una planta adulta que florece.

- Converse con su niño o niña sobre las plantas: qué variedades conoce, cómo son, dónde crecen, cómo se cultivan y otros. Mencione las plantas de su predilección y diga qué cuidados requieren.

- Si prefiere, puede referirse a otra persona que conozca que tenga afición al cuidado de las plantas.

- Invite a su niño o niña a que escriba y, si desea, dibuje en el reverso de la hoja algo acerca de lo que usted le ha contado.

Cuando terminen, sírvanse regresar la hoja a la escuela.

Después de la tormenta

_____

_____

_____

_____

_____

_____

Después de la tormenta

Apreciada familia:

La tarea de la presente unidad requerirá la colaboración de un adulto de la casa, por lo que pedimos a esta persona que dedique en la semana entrante unos 20 minutos para dialogar con su niño o niña acerca del tema indicado y realizar juntos la actividad que se menciona más abajo.

Desde ya agradecemos su colaboración.

- Pídale a su niño o niña que le hable del libro que estamos leyendo en clase titulado *Después de la tormenta*.

- El cuento narra los cambios que sufre una semillita a lo largo de las estaciones hasta que brota y se convierte en una planta adulta.

- Converse con su niño o niña sobre las estaciones: cuáles son, cómo son y qué experiencias o vivencias de su infancia suscita cada una.

- En caso de que usted se haya criado en un lugar distinto al sitio en que ahora reside, cuéntele a su niño o niña cómo es el clima en ese lugar durante las diferentes épocas del año. Asimismo, háblele de las actividades que se realizan o realizaban y de los festejos propios de las distintas estaciones.

- Si, por el contrario, usted se ha criado en el mismo lugar en que actualmente reside, comente las semejanzas y diferencias entre las actividades que usted realizaba y las que realiza ahora su niño o niña.

- Invite a su niño o niña a que escriba y, si desea, dibuje en el reverso de la hoja algo acerca de lo que usted le ha contado.

Cuando terminen, sírvanse regresar la hoja a la escuela.

Después de la tormenta

_____

_____

_____

_____

_____

_____

Después de la tormenta

Usa tu imaginación para completar las oraciones.

Haz un dibujo para cada oración.

Esta semilla va a ser

_____.

Esta semilla va a ser

_____.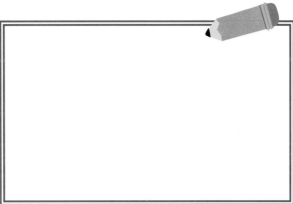

Esta semilla va a ser

_____.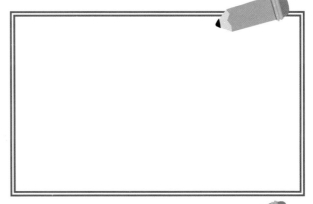

Esta semilla va a ser

_____.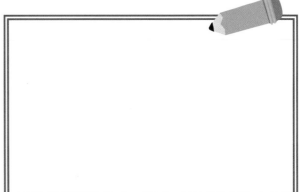

Después de la tormenta

Haz esta actividad con un compañero o con una compañera.

Mi compañera/compañero se llama _____.

Las frutas favoritas de _____ son:

_____

_____

_____

Las verduras favoritas de _____ son:

_____

_____

_____

Si él/ella tuviera un jardín, sembraría:

_____

_____

_____

Después de la tormenta

·Colorea las distintas partes de la planta.

Luego escribe el nombre de cada parte .

_____

_____

_____

_____

_____

_____

Las partes de la planta son:

    la raíz

    el tallo

    las hojas

    la flor

    las semillas

Las partes de la flor son:

    el estambre

    los pétalos